盐都 *C* 大调

刘蕴瑜 —— 著

海峡出版发行集团
THE STRAITS PUBLISHING & DISTRIBUTING GROUP

海峡文艺出版社
Haixia Literature & Art Publishing House

图书在版编目(CIP)数据

　　盐都 C 大调/刘蕴瑜著. 一福州:海峡文艺出版社,2019.12
　　ISBN 978-7-5550-2086-8

　　Ⅰ.①盐… Ⅱ.①刘… Ⅲ.①叙事诗－中国－当代 Ⅳ.①I227.3

　　中国版本图书馆 CIP 数据核字(2019)第 249596 号

盐都 C 大调

刘蕴瑜　著

责任编辑　林　颖
出版发行　海峡文艺出版社
经　　销　福建新华发行(集团)有限责任公司
社　　址　福州市东水路 76 号 14 层　　　**邮编**　350001
发 行 部　0591－87536797
印　　刷　成都兴怡包装装潢有限公司　　　**邮编**　610000
厂　　址　成都市金牛区西华街道付家碾村 6 级 152 号
开　　本　787 毫米×1092 毫米　1/16
字　　数　120 千字
印　　张　9
版　　次　2019 年 12 月第 1 版
印　　次　2021 年 3 月第 2 次印刷
书　　号　ISBN 978-7-5550-2086-8
定　　价　68.00 元

这座被誉为盐都的城市

总是在我的血液中幻化出激荡的音符

经时光不断催化

终构成一曲跌宕起伏的交响

——题记

在美神的复调中析出晶盐与泪水

蒋 蓝

2019 年 6 月 26 日，我采访著名作家阿来，谈到其新作《云中记》的诞生过程，他一直是在莫扎特《安魂曲》的陪伴下获得启示的。阿来在《云中记》题词中也特别致敬了莫扎特："写作这本书时，我心中总回想着《安魂曲》庄重而悲悯的吟唱。"他对我回忆："汶川大地震的第二天，晚上没地方住，我睡在吉普车里。仰望满天星斗，背后的河谷里有挖掘机在作业，偶尔不远处传来遇难者家属的哭声。除了哭声，生者无法对死亡进行其他表达，中国文化中任何一首歌曲都会对死亡形成亵渎。我睡不着，在车里找到了莫扎特的《安魂曲》CD，悲悯庄严的旋律播散四野，我感到那些逝去的生命正在升华。我意识到，中国自古以来关于悼亡的文字，一直缺乏如《安魂曲》那样的力量。如果人们可以参透死亡，对生命本质有更深入的认知和体会，那么遇难的死者就没有白白逝去。在《云中记》写作过程中，《安魂曲》宛如藏地的河流，墨水一样流过我的字里行间……"

如果说，阿来用一部神性小说搭建了他小说叙事美学建筑的最后拱顶，那么诗人刘蕴瑜则使用一部逶迤而雄浑的"诗交响"，着力完成了他对于盐都的穿越式歌吟。60 岁的阿来昂首天外，60 岁的刘蕴瑜则俯身大地。

约 20 年前，我在自贡从事过好几年的野外勘测工作，在那些或被遗弃、或年久失修的碓架、井架和大车之间测绘地图、钻取基岩、获取水样。在经纬仪与水准仪的视镜之外，固定天车的几十根钢绳上爬满了丝瓜藤与爬山虎，似乎在等候从虚无中降临大地的一双走绳的纤足。在空气里微微摆动的弧线，让我想起了《哈扎尔辞典》当中的句子"一个刀影飞舞的弧线形成的笼子"。它们组构为一架沉默的竖琴，现在，终于有人对此予以赋性与赋音了。

我第一次读完《盐都 C 大调》，察觉到刘蕴瑜着力谱写了四种影像：龙的声音、盐的声音、火的声音、灯的声音。声音的旋律构成了这首长诗的起承转合。

2016 年初，在寒风料峭的成都，我与神话学大家叶舒宪先生对坐。席间谈到他早年的一个引起广为议论的"诗从寺说"观点，他说，"历经二十多年，我至今不改初衷。"

王安石根据许慎《说文解字》："寺，廷也，有法度者也。从寸之声"之说，在其《字说》里认为，"诗为寺人之言。"进而把寺人之言解为法度之言。叶舒宪认为，"寺"上半为"中一"，下半为"手"，寺是主持祭祀的人。诗、持、寺三字同源，古音同部。也就是说，"寺人之言"是指举行各种原始礼仪时使用的祝辞、颂辞与套话。（见《诗经的文化阐释——中国诗歌的发生研究》，湖北人民出版社 1994 年版）

叶舒宪认为，诗言志当为"诗言寺"，进而释寺人，认为早期无寺庙，故寺当为"阉割之人"主祭祀，故而中国诗多阴柔之美。谈到这里，他对我做了一番阐发。考察古代、乃至现在的原始民族里，巫祝之人在烟雾缭绕的殿堂里俯仰，与神灵附体，然后代圣立言。他们魂不附体、喃喃自语的声音，并非雄性而昂扬，或者雌性而低回；级别越高的巫祝，发出的声音呈一种中性之声，有点"去性别"的意味。

我倏然一惊。

联想自己曾经拜谒过的多座宗庙，以及参加过的大凉山毕摩大会，我甚至觉得，那些尊贵的发声者，闭目徘徊，旁若无人，进而浑身颤栗，声音的确达到了一种"中道"境界。另外，毕生从事这一灵魂二传手的职业，他们的相貌也在随之发生变化。

记忆里最清晰的一次，是在康区乡城的桑披寺。一早的阳光从天窗涌进来，把一个诺大的厅堂铺出一地明媚。地毯上的金莲花在强光下绽开了蓓蕾，呈现一种地涌金莲的幻象。厅堂里非常安静，只有檀香在荡漾。远远地，看到一个背影，背影开始发声，我听不懂梵语，但声音分明是从背影下腹热热地蒸腾而上，嗓子开始为之赋声。

在一束光柱中，可以看见气流的跌宕方式，因为灰尘就是最好的标示。背影不断发送而来的声音，在光柱里袅娜，又像金刚杵那样巍然兀立。

高原特有的低氧效应，为我的听觉带来了一种敏锐。那是一种熟铜的声音，锃亮而柔韧，毫无阻碍，又没有像蝴蝶那样迎风飞起，而是收敛地低飞，然后收拢，把那些没有被照透的地面阴影逐一点亮。

当黄铜与金色阳光相遇，当盐卤与火相遇，呈现一种"为黄金镀金"的大美。

我感到诗歌就是这样生成的。我们在《诗经》、《楚辞》乃至仓央嘉措的诗里，读到那么多语气词，当代人都视作无益，甚至是一种累赘，目前仅仅成为小学生作文里高频率的使用词。哪里有这么多"啊"啊！绝大多数的语气助词都是以韵母为主的开口音发音，比如啊、哎、哦、诶、哟。"兮"字的现代汉语发音与古音完全不同，清代孔广森《诗声类》里说："《秦誓》'断断猗'，《大学》引作'断断兮'，似兮猗音义相同。猗古读阿，则兮字亦当读阿。"其实这些语气助词是记录声音把词语托举在空中，它们御风飘飞的声音，衣袂与空气亲吻的声音，辊工的利斧与杉木相撞击的声音，水流与木船共振发出时光流逝的声音，狂奔的手指与蛇腰相缠绕的声音，舌尖寻找烧酒与言辞的声音……峭拔其上的高音部，是刘蕴瑜歌吟的声音：

火的声音
是最动听的声音
火的旋律
是最动人的旋律

由于现代汉诗的整个修辞已经被翻译体完全占领，纸上诗歌是写出来的，古人的歌是吟唱出来的，与其说一些诗人在寻找元写作，不如说是在追忆、捕捉那种声音。尤其是，那种从头骨中缝灌注的中性之声。我以为，刘蕴瑜正是这样的诗人。

站在时代的高处
聆听岁月
不可遗忘的回声

总会有

一个苍老的声音

从老盐场的地底冒出来

令人心跳加快……

刘蕴瑜的难度，更在于要捕捉盐都业已消失的声音、健在的声音、仍将回荡在这片土地上的声音。在"志情"的诗歌当中，还要委以诗歌"记事"的重任，他不得不采取多声部的乐章来予以存储、想象和铺排。

为什么刘蕴瑜执意要选择 C 大调来展开他的盐都？

一般乐理认为，C 大调指的是 C 音开始的音乐中的自然大调，是较为平稳、执中的白色调性，好似静风下的大地，慢慢收纳着遗忘在叶片上露珠和眼泪。C 大调较一般大调更为宁静和庄严。这暗示了诗人由云端返回大地的身姿，以及他匍匐于历史凹陷地带的调性。

在每一个乐章的开头，刘蕴瑜均有一小段概说，犹如发出的"哆"音，构成了 C 大调音阶的第一个音符，它就像一个逆历史之流而上的起点，钟声的稳重之声，从诗章的天际倒泻而下，开启了他的穿越式歌吟。在我看来，这是属于雨水的 C 大调，是属于舒缓静流的 C 大调，是属于眼泪举起晶盐的早晨，更是属于盐都的 C 大调。

我以为，刘蕴瑜的《盐都 C 大调》具有三个突出意义：

其一，这是近七十年来，诗歌界第一部涉及壮写盐都历史文化的长篇力作。它打破了以往叙事诗、抒情诗、散文诗、长诗的四个形态，用跨学科的方法，以跨文体的落地写作，多声部展示了盐都历史从传说时代传承至今的曲折、动人历程。

其二，《盐都 C 大调》采用的"诗交响"策略，既借助于音乐，又将历史赋形于诗，彰显了诗歌修辞之于历史书写的广阔空间，修辞所产生的词语张力与语义，打破了窄逼的寻常工业题材书写的窘迫语境。

其三，诗人刘蕴瑜把家族的繁衍史、个人的生活史与盐都的城市史予以了深度焊合，对撞生成为一个人与城市的心灵史，他甄别了许多历史材料与盐井传闻之间的关系，并引述了"他者"打量盐都的介说，厘定了多处未被相关书写者所留意的盐都事件，由此成为了一部真正意义的"盐都诗传"。

当然了，创写城市的诗记，长诗里动用了诸多大词，适合配乐朗诵，于纸面阅读就有能指逃逸的弊端，这也是难以两全的美学趣旨。置身于"东方的埃菲尔铁塔"之下，诗人刘蕴瑜不容易借助更高的支点去予以俯视，但已属难能可贵。

我记得，好几次我与蕴瑜兄分手，都是在盐都深夜下的某个路口。夜色阑珊，蓦然回首，不禁想起黑格尔说过的话："在纯粹的光明中就像在纯粹的黑暗中一样，看不清任何东西。"置身高处的人看不见高处，但是在低处，我们却可以看见血与盐。一个人坚持于纯光中行走，并不是光之子的唯一使命，他恰是黑中之炭。

正如德国诗人艾兴多尔夫（1788—1857）所言："我的爱，静默、美丽，宛如黑夜"。

2019 年 8 月 21 日改定

蒋蓝，中国作家协会散文委员会委员，四川省诗歌学会常务副会长，成都市作家协会常务副主席。

目录
CONTENTS

序　曲

1

一键敲破寂静

月光如水入窗来

激越的旋律

越过时空栅栏

逆流而上

血红的阳光

剪出彪悍的身影

弓弩之上

箭已弦发

锐目所指

一只健硕的梅花鹿

于血色中挺起高傲的头颅

阳光斜过山峦

梅花鹿
于岩石上舔舐着晶亮的液体
然后，一闪即逝
无影无踪
晶亮的液体
与那一抹苍茫的血色
定格了这一瞬

于是，咸泉溢香的这片土地
辽阔开来
一个强音落下
彪悍的身影有了响亮的名字
这片厚重的土地有了图腾

这里的天空有味
这里的空气有味
有盐有味
就是这片土地的密码

第一乐章　足音

无数的音符被捕捉
散落的骨骼
在一层层的岩石中复活
成为听懂大海湖泊的依据

2

（自贡市恐龙博物馆，在时任中央军委副秘书长、国防部长
张爱萍将军的直接关心下，在自贡市大山铺恐龙化石群发掘现场
就地建设，就地陈列。恐龙馆于 1984 年 4 月破土动工，1987 年
春节落成开放。）

透过三叠纪①

与侏罗纪冰冷的阳光

一些声音訇然沉睡

20 世纪中叶

隔着一亿六千万年的时空

大山铺于世界的东方

石破天惊

数以百计的古生物化石

面朝一双双睁大的眼睛抢着发声

一阵阵旋风卷起

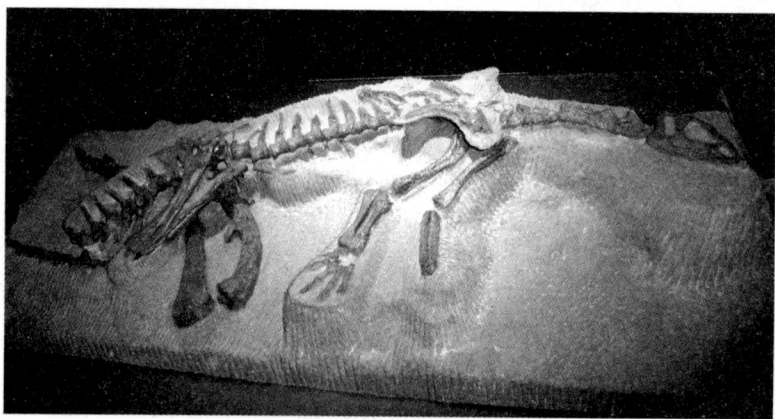

恐龙化石（摄于自贡恐龙博物馆）

---

①　三叠纪侏罗纪：被称为地球历史的中生代，也叫作"裸子植物时代"。距今一亿五千两百万年前，那时湖泊连绵，水草丰茂，适合动物生存。爬行动物迅速繁衍，各成系统，恐龙就是那个时代的霸主。

形形色色的化石
幻成音符
无数的音符被捕捉
散落的骨骼
在一层层的岩石中复活
成为听懂大海湖泊的依据

3

一只蚂蚁
从岁月的深处
纵向走来
找准一块坚硬的岩石
一动不动
将恐龙时代的秘密
悄悄告诉世界

它一定不知道
这是一个多么庄严的殿堂
它也不明白
自己正说些什么
其实

它此刻一言没发
却涉及了
太多的课题
地质、气候、水和空气
人和昆虫
草木和庄稼
过去和现在
现在和未来
自身的构造
与这颗星球的关系

最要命的是
伟大的人类
该怎样让脚下的
小小寰球
沿着什么轨道
运行

4

生命的信息
一直弹奏着迷人的旋律
起起伏伏中
古巴蜀湖泊

大大小小的河流
连绵的沼泽
以及湿润的空气
不可思议的绿水青山
俨然是这个王国的天堂

谁都可以猜想
谁都可以假设
也许，那时
生存法则就只有一条
就叫
物竞天择

5

隔着时空的足音
震响的这片大地
那一幕幕
早已遥不可及

而今
只有钻进岩层深处
才能依稀听到
一些生命

断断续续的声音

6

有太多说法
太多不可想象
这个庞大的家族
这颗星球的霸主
以及
那些形形色色的肉食者们、素食者们
怎么就无影无踪了

三叠纪与侏罗纪的寒光闪过
诸多没法回答的课题
只能划上一个休止符

也许
此时无声胜有声

7

总有一些声音
随风飘散

总有一些声音

凝成强音

20 世纪大山铺

卷起的热潮

仍在曼延

不同肤色的人群

潮水般涌来

将大山铺恐龙群窟

推向一个又一个高潮

8

恐龙王国

以庞大的阵势

奏出史前

壮丽的田园交响

豪放浪漫的旋律之上

苏铁、银杏众多植物

远远近近

高高低低

参差错落

漫山遍野撒欢

构成美妙的绿色乐章

9

这是一个
永恒的命题
这颗蓝色星球
于地层深处的群窟
自 19 世纪初

恐龙群窟（摄于恐龙博物馆）

从劳德伯克博士①

将这里的恐龙化石

带回美利坚合众国实验室开始

将无止无休地讨论下去

那些

深不可测的沉默

依然神秘

10

远了，冷了

包括遥远的水和空气

还有那些

弯曲在骨骼里的月光

都在诉说

自然是多么伟大

这颗蓝色星球多么伟大

而无声的呐喊

又在提醒人们

---

① 劳德伯克博士：美国地质学家乔治·D·劳德伯克博士，在1915年，应邀到四川
盆地南部的威远、荣县和自流井一带调查，旨在寻找石油和天然气。他意外的在
一处砂岩崖壁上发现了一颗匕首状的牙齿和一段大腿骨化石，而后将其带回美国
收藏在加利福尼亚大学的古生物博物馆里。这是在自贡境内第一次发现恐龙
化石。

这颗日渐变暖的星球
是多么脆弱

11

恐龙
以及那些史前生物
走了
而这片土地没走
且留下了太多太多的未知

这片土地
注定要跨越时空
同时又遥不可测

因为
巴蜀湖遥不可测
那些足音遥不可测
那些久远的梦遥不可测

12

这片土地

必定是从湖泊而来
这就是它的宿命

黄卤、黑卤①
是它的血液
如涓流奔向大海
于无声，于有声
经漫漫长路
一不留神
就与那只
受伤的梅花鹿相遇了

后来，那个叫作梅泽②的猎人
成了神
人们将他供奉在庙里
更将他供奉在心里

---

① 黄卤、黑卤：煮盐的卤水分为黄卤、黑卤和岩卤等品种。自贡钻井吸卤，已有一
千多年的历史。盐卤中因含镁所以盐带苦味，又称为井盐苦卤。黄卤、黑卤的化
学成分是不同的，所以得到的苦卤是不同的，而苦卤是极好的化学成分。当然还
有很多化学元素，包括稀有元素，都比海盐湖盐更高，如硼、钾、溴、碘、锶、
锂、镁、铷、铯等在提取盐之后都是极佳的化工原料。
② 梅泽：据南宋王象之《舆地纪胜》（卷一六七·富顺监）载："梅本夷人，晋太
康元年，因猎，见石上有泉，饮之而咸，遂凿石至三百尺，咸泉涌出，煎之成
盐，居人赖焉。"

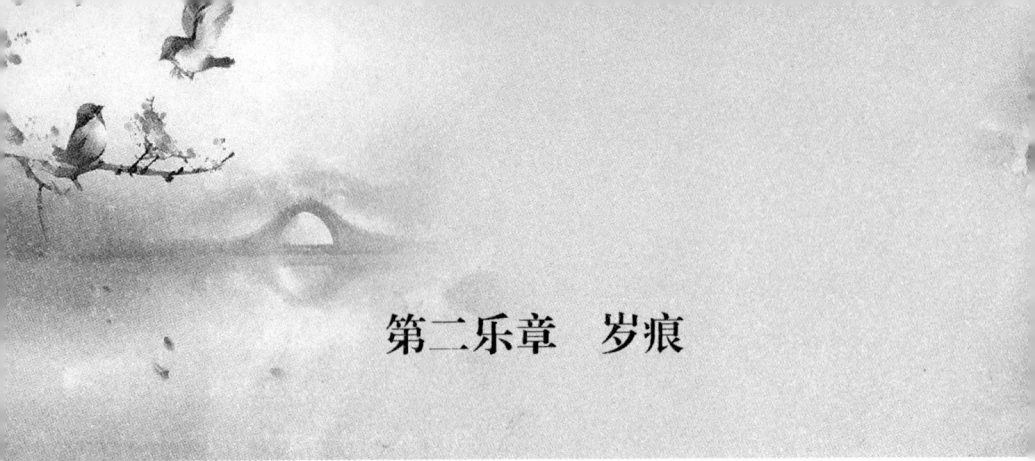

第二乐章　岁痕

盐，晶莹剔透

透视出伟大的民族魂

一粒盐

就是一个浓缩的世界

13

哦，富世盐井①

或许，无需扎进历史深处去考量

东汉章帝年间

那个叫梅泽的猎人

在沱江之滨的发现

① 富世盐井：自贡最早的一口盐井。据《华阳国志》记载：东汉章帝时期，在今富
顺、邓关地区，开凿成功一批盐井。其中一口位于今富顺县城西南，以其出盐最
多，收获厚利，名为"富世盐井"。后来因盐设县，可谓一眼井成就了一座城，
这座城曾被誉为"银富顺"，也就是今天的富顺县。

无需花时光去计算

这一眼井到底涌出了多少白银

就一个传说就够了

就一个"富"字便够了

一个人，化作一尊神

一个神，成就一眼井

一眼井，成就一座城

一座城，终以井为名

煮盐的井灶（摄于东源井）

14

从这个"富"字开始
有一种力量从岩石中涌出
旋律铿锵

在这片溢满咸味幽香的大地上空
有一缕传奇的阳光融进梦想

一切的一切
都围绕着一根主线
展开

15

生命的盐
就如同空气和水
谁都没法离开

盐，生命的盐在哪里诞生
哪里就注定成为举世瞩目的焦点

盐粒小如针尖
而身价重如山

在这个地球上
无论什么国度
无论什么种族
无一例外
都视盐如命

16

晋书有云

平锅煮盐（摄于燊海井）

"盐者，国之重利"

盐，属于生命
属于邦国、属于种族
甚至属于战争

巴国何以盛极一时
楚人何以血洗巴国
秦国何以并吞天下
玛雅文明的兴衰
甘地的"食盐进军"①
这个世界
到底上演了多少
血淋淋的悲剧
到底
有多少邦国因盐而乱世崛起
又有多少邦国因盐而凄惨谢幕

---

① "食盐进军"：在第一次世界大战期间，作为英国殖民地的印度，英国政府曾经答应，战后将给予它自治权。但是后来，英国当局的承诺没能兑现，残酷压榨印度人民。为争取民族独立斗争的甘地，后来被尊誉为"圣雄"。1920 年，他发动"不合作运动"。印度国大党从这时候起，接受甘地的"非暴力不合作"纲领，决定用"和平"和"合法"的手段，争取印度的民族独立，但未果。后来，甘地开始采用"食盐进军"的办法，开始了非暴力不合作运动。他们一共走了二十四天，在 4 月 5 日，到达了坦地海边。当天晚上，甘地他们绝食祈祷。第二天一早，所有参加进军的人都到海边沐浴，八点半，甘地弯下了腰，捡起了海边的一些盐。当时，英国殖民当局禁止印钟度人民在海边自由采盐。甘地用这个举动，象征性地"破坏"了这个盐法，标志着一场反对英国殖民统治的斗争从此在印度拉开了序幕。

17

古人云
"煮海易，煮井难
煮滇井易，煮蜀井难
难凿井，难汲泉"

天车高万丈
井深超千米
上天入地
没有一寸一厘不是血和泪

凿井
一脚一脚地捣碓
一撮一撮地啃石

凿井
以血肉之躯凿岩石
用汗水去换取卤水

有谁知
一眼井的命运
有谁知

凿井匠的命运

有谁知

盐场黄金白银的命运

有谁知

凿井有多少噩梦卡在井口

又有多少厄运潜伏井中

18

凿井

上刀山下火海

换来的是金山银山

是光宗耀祖青史留名

天车（摄于贡井金流井）

井一穿
就一步登天
所谓"一泉流白玉
万里走黄金"
盐，令人神往
盐，怎不令人冒死走险

这片土地
一夜之间
就成了冒险家的乐园

19

这片土地
也是一片水与火共生共荣的土地

神奇的井，卤水与瓦斯
一同从井里涌出
魅力四射，闪闪发光
黄金白银迎面而来

水与火的诱惑
谁能不动心

20

来了，来了
晋商来了，徽商来了
各路英雄豪杰来了
牛也来了，马也来了
这片土地门庭若市了
这片土地井灶连云了
号子声声破雾穿云
连牛粪都翘楚起来了
还产业起来了
七十二行，门户巧立
各唱各的调
旗幡
飘满大街小巷

21

转眼
沿河两岸，会馆迎风拔节
抬头
百里盐场，会馆就成林了

"炫耀郡邑，款叙乡情"

说着广东话的南华宫

讲着贵州语的霁云宫

供奉妈祖的天上宫

流淌江西情愫的万寿宫

川腔的川主庙、惠民宫

还有禹王宫、炎帝宫

云里雾里数不清道不完

不知不觉中

沿河两岸

就冒出来一个喧嚣的世界

西秦会馆（摄于自贡市中心区）

22

"川盐各厂井灶

秦人十居八九"

西秦会馆①

是秦人逆川江而行

留在

釜溪河畔龙峰山下的绝唱

十六载的光阴融入白银

将秦韵盐味嫁接在一起

穷尽能工巧匠

忠孝礼仪于石刻之上

楼几重厢几重

情几重梦几重

雕梁画栋绝天下

"至若客子天涯

---

① 西秦会馆：该会馆是陕籍盐商人为"款叙乡情"而集资修建的同乡会馆，主供关羽神位，故俗称"关帝庙"，于清乾隆元年（1736 年）动工兴建，历时十六载，是自贡盐业会馆中的精品，也是自贡迄今为止保留的盐业会馆建筑中规模最大，保存最完整的一座。西秦会馆坐北朝南，后依龙峰山，前临解放路大街。西秦会馆占地面积 3150 平方米，规模宏大、气魄雄伟。1959 年，由邓小平等中央领导同志倡议创建"自贡市盐业历史博物馆"，该馆郭沫若写了馆名，主要负责收藏、研究、陈列以自贡地区为中心的四川井盐生产和发展的历史文物、实物、资料，系全国重点文物保护单位。

辰稀星散，情联桑梓"

淘金祖在上
富贵心恋家

一座西秦会馆
一馆的乡音乡愁
一座不朽的丰碑

23

"大义识君臣

张爷庙又称桓侯宫，位于自流井老城区

想当年北战东征单心克践桃园誓

功丰崇庙祀

看今日风微人住寿世还留刁斗铭"

这是屠夫的高堂

桓侯宫①

又叫张爷庙

不大的庙宇

盛大的排场

请来张翼德在此做主

登坡仰望

斜坡之上威风凛凛

香火岂能不丰盈

屠夫的腰板岂能不坚挺

---

① 桓侯宫：屠夫修建的会馆。位于自贡市区中华路口，俗称张爷庙，又叫张飞庙，临街而建，并且建在一处小山坡的路坎边上，因此人们进去必须登坡仰视，加之大门板上线刻的张飞像，怒发横眉，雄姿英发，使人肃然起敬。桓侯宫始建于清乾隆年间，清咸丰末年初烧毁，清同治年间重修，并在同行中商议"每宰猪一只，按行规抽钱二百文"，经过众人的锱铢积累，终于在清光绪元年（1875 年）落成。

桓侯宫既是当时屠沽行业祭祀奉神的会馆，又是他们维护自己利益、决议重大事项的场所。

24

釜溪河经夹子口①
突然一拐
就拐出几多险情
河中怪石突兀
石龙过江平添几多传奇
地险，水急
"天生峡口险尤奇"

盐运主动脉
千百只歪脑壳船穿梭其上
洪峰如猛兽，乱石似恶魔
躲不开，闪不过

于是，请来镇江王爷
背倚龙峰山
雄踞波光之上
浩气正气生于庙堂

----

① 夹子口：王爷庙前曾经是一个夹子口，怪石嶙峋，十分险恶，民间便有"石龙过江"的传说。相传夹子口下有一个很深的洞，可直通东海。

王爷庙①
青烟缭绕中
盐船化险为夷
千船有序
浪花报喜

25

一幅宏阔的画卷
渗透人声号子声马蹄声
演绎着空前华丽的协奏
声声诱人

烟杆儿井、磨子井、挖耳井②
告诉人们
一步之遥
即是深渊

而相似的那顿
凄凄婉婉的散伙饭

---

① 王爷庙：釜溪河畔，龙峰山下，一座造型独特的清朝中叶建筑。庭院不大，雕梁
　画栋，颇具品味，是观景赏戏，品茗谈天，不二之选。
② 烟杆井、磨子井、挖耳井：凿一眼井少则几年，多则难料。许多井主都不得不变
　卖家产来继续凿井。上述三口井是变卖烟杆、磨子、金挖耳而得井名。挖耳井讲
　述了变卖金挖耳请工匠吃散火饭而被感动，使之皆大欢喜的故事。

情之重，诚之重
连苍天也为之动容

酒后感恩
再拼一把的义举
一凿乾坤定
井喷卤花，建功人喜
情系井命
一个"情"字
一直在
无数的井边缠绵

路边井位于自流井釜溪河旁

26

沿旭水河釜溪河两岸

凿井不断，天车耸入云端

盐场百里

缔造了富可敌国的神话

富荣东场的王朗云①

将机遇攥在手心

凿新井治病井拓展疆场

用巧匠不计前嫌心若朗月

家业顺风攀升

"钱可通神"闹出几多笑谈

公堂之上谁敢有他张狂

"颇得扇子坝②不要，老子要告你"

是不是吃了豹子胆

不，这才叫财大气粗敢叫板

---

① 　王朗云：字名照，因复姓王余，亦称王余照，朗云是其别号。生于清嘉庆十八年
（1813 年）终于清光绪十年（1884 年），经营盐业起家，是累资千万富甲全川的
巨富豪商。
② 　扇子坝：位于自贡市大安区，一块出盐水、瓦斯火的宝地，因地形象扇子故名叫
扇子坝。这扇子坝的场主王朗云也就是自贡四大盐商之首"王三畏堂"的掌
门人。

不是每个盐商都如王朗云
凿井煮盐就是赌命
没谁说得清这片土地
究竟上演了
多少倾家荡产妻离子散的悲剧
所以，才有弃井
所以，才有路边井
所以，才有太多的悲鸣

27

那些淌血的深井
一天都没有停止过
呻吟

"农人之苦有春秋
盐工之苦无旦昼"

其实
每一眼井
都流过泪
每一眼井
都深藏着无数
深及骨髓的疼痛

和不为人知的心酸
一句"血盆里抓饭吃"
道出了多少悲情

"天天跟着车盘转啰
日走千里没出门哟
累死算是运气好哟
只怕伤残更可怜啰嗬喂"

废弃的井灶（摄于自流井）

是的，马有失蹄
天车之上的辊工
也难免遇上厄运
轻飘飘的云哟
随时都在身边
死神
也随时都在身边

随便触摸哪一眼井口
都会涌来哗哗哗的痛诉
随便登上一个高坡
都会有一只无形的手
去拨动
那根脆弱的神经

28

大安长堰塘目睹了
我的祖辈是如何
用最原始的工具
和世界最东方的精神
面对三叠纪嘉陵江石灰岩层

蚂蚁啃骨

十三载阳光月光

直插地里千米

铸就了惊世丰碑

命下了不朽课题

在这里

井深是一种高度

脚下的土地

桑海井位于自贡市大安区

冲击式顿钻凿井方式以及工具
那个时代的智慧
乃至杠杆原理镌刻的一切
都是当时世界不可企及的高度

恰恰是这一个超千米
不知贮藏了多少奥秘

29

一眼井的行程
就是一次登天的行程
谁能预见坎坷、崎岖
谁又能预料未知的一切
西场的"广源井"①
吸卤筒死在井里
打捞工具一再卡死井中
盐商刘圣瞻②技穷路绝

① 西场的"广源井"：位于自贡市贡井区长土。清宣统二年开凿（1910 年）凿井十
年，井深九百多米。曾财源广进，后因事故而井废。
② 刘圣瞻：东场盐商大烟王刘圣瞻，出身于官僚、富商之大家，他设计的烟室，完
全仿照成都著名大烟馆太平洋的设施：室内设有收音机、留声盘子，以姨娘为开
师，另雇一跟班。他的烟具多得惊人，烟斗有一千几百个，烟枪五十多只，且尽
是珍品，有礼三、张六、吮香、定一、玉浆等名货；有宝石头底、湖妃等名枪；
烟盘、烟灯也有十余套；烟盒子有三四十个，有金的、银的、玉的、珊瑚的、水
晶的、紫铜的等等。其经营有东源井、广源井、三星井。

一道飓风掀翻了碓房

天车应声倒下

转眼

"三星井"① 也相继倒下

左边是崖右边是渊

谁想到"东源井"② 再次告急

三根钻杆噩梦般咬在一起

刘圣瞻的心被三眼宝井

咬得鲜血直流

进不了退不出

喊天，喊地

喊不回

远去的好运

一口气接不上来

魂随一缕青烟去

井，就是命

命，系着井

啊

---

① 三星井：三星井位于长土，同属刘圣瞻经营的一眼火井，也是一颗摇钱树，后因
事故而废。
② 东源井：东源井坐落在自贡市贡井区扇子嘴大塘山，属于自流井气田西端。该井
早在清咸丰年间开始创办，当时仅下好石圈子就停搁，直到清光绪十五年（1889
年）又由多股盐商合伙集资复淘加深。于 1935 年最终建成。在钻井过程中，一
边钻井，一边生产，前前后后，断断续续历时长达四十六年之久。完钻井深九百
三十五点八八米（现井深九百四十八点二二米），钻至三叠纪雷口坡组产气层，
获得了大量的天然气。

井灶，有多少悲歌

又有多少壮怀激烈

30

有波澜壮阔就有蛟龙戏水

有大难降临就有智者诞生

井灶不仅生产盐

还生产智慧

凿井的神

医井病于命悬一线

解疑难于盐场西东

"盐场华佗"手到病除

传说、神话

盛满釜溪河

经沱江长江传遍东西南北

哦，颜蕴山①

从一个山匠蜕变为神

到底经历了多少磨砺

---

① 颜蕴山：名杰礼，字蕴山，号逢吉，小名其娃。清道光六年（1826 年），诞于颜家坝。清代盐场著名工匠，受雇于王三畏堂，任十八口盐井总办。善凿井、治井技术，一生创制和改进了许多锉井、固井、修治井及打捞井下落物之工具，人称"盐场鲁班""井神"。发明了"活偏肩"等一系列钻井、修治井工具。

那些与岩石搏击的"刀枪剑戟"

究竟有多么伟大神奇

岁月早已明鉴

"世界石油钻井之父"

一语岂止重千钧

谁敢称"中国第五大发明①"

31

无论东场

无论西场

都会看到

一群阳刚的汉子

隆起健硕的肌肉

有时还光着屁股

大大咧咧地

将一些粗话俚语

甩进熊熊烈火

甩进澎湃的盐锅

甩进汗流浃背的盐场

---

① 中国第五大发明：清代井矿盐积水深钻技术在自流井地区活得了重大的技术突破。它被国内外学术界誉为"现代钻井之先河"无愧誉称为中国的第五大发明。（《中国钻探科学技术史》第 58 页。）

他们是匠人
更是这片土地生长出来的参天大树

所以
在我看来
颜蕴山不是一个人
而是一个庞大的群体
铸就的一个神

盐工雕塑（摄于自贡盐业历史博物馆）

他
就住在每一个井灶旁
他就灵魂在
无数工匠的血液里

32

（1887 年，美国传教士弗吉尔·哈特《自流井之行》：自流
井"许多木质井架隐隐可见……我们在全世界能够找到一个规模
这样宏达的企业吗？""充分显示了这里是个巨大的贸易中心"，
"也许在中国没有第二处"。1911 年，加拿大传教士汉正礼《家
书珍藏》中记述："自流井这个极不寻常的城市，是一个巨大的
盐井区——中国西部最大的工业中心。"）

天车
那高耸的杉木井架
一直是一个谜
这个庞然大物
怎样架入云层
那些蓝眼睛的学者
把她叫作
"东方的埃菲尔铁塔"

在 18 世纪至 19 世纪

大洋彼岸有多少惊奇描述

"世界最大的工场"①

"工业中心"

不识庐山，不见泰山

哦，一望无际的天车井灶

早就名震天下了

这片土地早就名震天下了

盐都大地早就名震天下了

人与牛，牛和马一同弹奏的曲子

才是那个时代最流行的音乐

33

仰望沧桑岁月

一任春来冬去

地球越变越小

你却越来越神奇

什么离你越来越远

什么离你越来越近

---

① 世界最大的工场：美国传教士弗吉尔·哈特在 1887 年《自流井之行》，"许多木
制井架隐隐可见，岿然屹立，这不可想象的中国景象，在帝国其他地方也难以见
到……我们在全世界能够再找到一个规模这样宏大的企业吗"？"充分显示了这里
是个巨大的贸易中心"，"这些工厂就是大工业的显示，也许在中国没有第二处"。

千年走过了多少迷离

千米经历了多少风雨

那一根根圆木在说些什么

那一条条篾索在说些什么

那穿越千年的井口在说些什么

有雾弥漫

直指云天的天车（摄于贡井东源井）

更有蒸汽萦绕

阳光穿透雾和蒸汽

留下几道迷迷茫茫的思绪

34

别问我

为什么有那么重的盐味

甚至还有些苦涩

因为

我是卤水泡大的植物

不是蜜糖宠大的金枝玉叶

只因那场人口大迁徙

我的祖辈从刘邦故里动身

来到这片土地落地生根

这就是我的命

所以，别问我

为什么有那么多方"彭城氏①"金石印

这就是我的姓氏

"彭城氏"也就是刘氏

---

① 彭城氏：因汉高祖刘邦祖籍丰县，起家于沛县，而丰县和沛县后来都属彭城郡，所以天下刘氏莫不以彭城为自己的祖籍，而称为彭城刘氏。彭城也就历来都被视为刘姓的正宗郡望，宋代以后更成为天下刘姓的统一郡望。

我必须
为我的宗族添上些许丹色

35

20 世纪中叶
我在一个叫作盐店街的地方
第一次睁眼看到洁白的世界
我没法描绘它的涵义

煮盐的场景（摄于东源井）

但，没几年
来自岁月深处的声音
就划疼了我的神经
那时，我还不知《命运交响曲》

盐场的前辈
让我过早地闯进盐场
让我过早地承受
生离死别的熬煎

36

那个冬天
冰雪统治了整个世界

我还在睡梦中
一个声音如尖刀
穿破了所有门窗
凝固了
所有空气

"王大娃儿掉进锅里
捞起来只剩几根骨头了"

啊啊啊

哭泣声哀鸣声

声声直扎心尖

那个早晨，比黑夜更黑

那些声音，比冰雪更冷

37

他是我神圣的偶像

在他的肩上

就是一个美好的家

在盐场

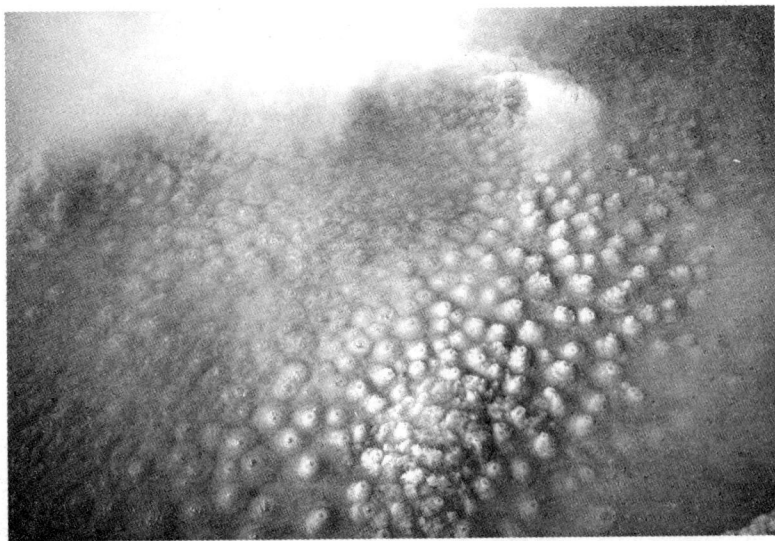

盐锅沸腾的盐卤（摄于贡井东源井）

他是一根顶梁柱

啊啊啊
他怎么，一眨眼
就只剩几根白骨了呢
卤水还排着队
他却，啊啊啊

还有，还有
不堪回首
那些井口与盐锅的血与泪
令人肝肠寸断

38

这就是
那沸腾的巨型盐锅
在我幼小心灵里
种下的一颗
恐惧树

烈焰令人汗毛直立
盐卤翻滚着惊恐

在盐场
盐锅令我魂不守舍
在盐场
我直不起腰走不来路

"胆小鬼"
我是胆小鬼吗
是我的脚
仿佛灌了铅，我低着头
挣扎无词

39

我离不开盐
也离不开盐场
因为第一次呼吸
就习惯了弥漫卤香的气息
还有，在那灾难岁月
没菜时，用炒盐下饭的记忆
早已深深地烙在心里

从小，我就是盐的奴仆
盐味就重
从小，我就饱尝了苦涩

就从不惧命运之苦
从小，我就读到了盐场
才会去寻找那些苦涩的记忆

40

同在一片深情的土地
近在咫尺
却隔着千载距离
你不知道我
我却懂得你

卤花之上的巍巍丰碑
天车脚下的绵绵话语

多少年来
我一次又一次地走近你
走近你
领悟你的传奇
触摸你的思绪

千年岁月的话题
汉砖之上的故事
唐时月光里的足迹

都在你雄健的肌肉中
都在你深邃的目光里
你
令我和我的兄弟姐妹们
以毕生的热血
接受一次又一次的洗礼

41

"天辊辊转
地辊辊圆①
老娘推车儿赚钱"
一直在我的血管里发酵
波澜起伏
在古道
在瓦砾
在尘封的蛛丝马迹
我没法回避
我才会斜倚危楼
呆望远方

---

① 天辊辊转，地辊辊圆：为排解疲乏和寂寞，在劳作时，唱起了辛酸而幽默的歌谣。盐场《挽子歌》："天辊辊转，地辊辊圆。老娘推水儿赚钱！大的儿来看，小的儿来睃，老娘推水莫奈何!"

什么沧海桑田
什么斗转星移
都在你的身后
都在你的背影里

多少次太阳升起
多少次月光如洗
汇聚了多少风雨
凝聚了多少坚毅

42

那些
千船竞发的豪情
那些
落日熔金的壮丽
都永永远远地
彰显着一个不朽的你

只有读懂了
地层深处的盐卤
才能读懂你
所以我才寻着盐卤的足迹
无论山高路远

无论冰霜雪雨
追寻着你

43

走近你
我便成了一团火
可以燃烧我自己

走近你
我便成了你
在我的血管里

运盐雕塑（摄于自贡花海）

涌流的是你的血液

我就是你

生命的延续

44

千百年来

无论岁月怎么蹉跎

那一万三千多口盐井

都是这片土地上幽深的眼睛

熟悉又陌生

亲近而遥远

看不穿摸不透

不敢问

那一碰就会流血的岁月

不忍听

那些渗透汗水泪水的细节

只想默默地读你

默默地把你

放在怀里

45

那年
旭水河岸
一个颤抖的声音高喊着
"出事了，福临井的天车着火了"①

秋风过处，黄叶干枯
一座天车
千百根山木搭建的井架
就如若干座木质烟冲
火魔哗哗地直往上蹿
恐怖袭来，火魔骚乱
下临"东源井"
后接"玉龙井"
连绵的车房灶房及住房

危急的一刹那
"棍子匠快放风篾"
话音随刀锋落定
天车倒向河的方向

---

① 福临井：位于自贡西场贡井区大塘山扇子嘴，1923 年开凿，1939 年 5 月投产，
井深近千米，曾产气又产卤，可谓水火两旺，一个聚宝盆。

大难虽避

火魔依然张着血盆大口

在井场肆虐了两天两夜

一个悲剧腾空而起

红了半边天

塌了半边天

退役的天车（摄于自贡市自流井区）

在盐场，厄运就隔一层纸
究竟有多少井灶
没能逃脱火魔偷袭
又有谁
说得清盐场大大小小的灾难

46

昂首挺立的天车
以瘦劲的线条勾勒了
这片天空阳刚的性格
熊熊的瓦斯火
铸就了
这一片土地的雄魂

牛，很牛
人，也很牛
云蒸霞蔚的百里盐场
更牛
一种象征
翛然矗立

阳光与月光
总会弹奏铿锵明亮的乐章

上天入地的伟业
智慧和心血凝成的过往
号子声声
孕育了多少阳刚的故事

这片土地的主旋
强劲而宽广
雄浑而明亮

47

烧盐匠之于火
就如同面对自己的命运
因为自己的命属火
炎黄儿女都属火
刀耕火种的炎帝
传下火种的祝融
华夏之火，东方之神
永远傲立东方

烧盐匠
直接请来两位大神
在釜溪河张家坨岸边坐镇

炎帝宫巍巍然①

烧盐匠巍巍然

从此

炎帝宫缭绕的青烟

融入百里盐场的热浪

豪气冲云霄

48

只要走进盐场

情就开始漫延

那些楠竹

生长在

神话一样的山上

而使命

却弥漫着卤香

---

① 炎帝宫：炎帝宫又叫炎帝宫会馆。位于自贡市自流井区釜溪河南岸，依山就势，呈四合院布局，系两层楼抬梁式木结构建筑，占地面积约一千两百五十平方米。这是一个特别的会馆，因为它是清代盐场工人自筹经费建造的会馆，实为罕见。因烧盐工人崇拜火神，故供奉炎帝，炎帝属火，清道光二十二年（1842 年）定名为"炎帝会"，盐工帮会遂动用会金兴建"炎帝宫"，并于清咸丰五年（1855年）竣工。炎帝宫为烧盐工人早期行帮组织活动场所，行帮会规非常严格，入会须经首事共议才能登记入会。成立以来，行帮为维护烧盐工人的切身利益进行过许多斗争。

随山就坡
纵横交错的笕管如一条条巨蟒
这是盐场的血脉
热血澎湃
有声有色
漫山的情怀
滔滔不绝

49

盐
一直在我的血管里
流淌着苦涩的时光
盐的洁白，盐的纯洁
令我羞愧难当

我没法选择我的命运
我也没法回避雪白的沉重

盐
让我剪不断理还乱
阳光西斜
我在山冈上流浪

每一根神经极目延伸

过去的时光恍恍惚惚

转头

我问山问水问每一叶草

我问

佝偻爬行的老者

盐、煤、挑夫、马夫的前世今生

说不清道不明

一股凉风掠过思绪

令我在时间的背面喘不过气来

古盐道（摄于贡井艾叶滩）

50

极目远眺
山几重雾几重
河道逶迤几多湾
绝壁之上悬挂了几多滩

望不断
山山连着思念
湾湾勾着魂
滩滩都是鬼门关

一次次回头
一次次地
撕扯着娘的心
未到望娘滩
早已魂销魄散

千万不要提起
"二十四个望娘滩"①

---

① "二十四个望娘滩"：有滩就有传说，自贡滩多传说就多。二十四个望娘滩的传说
很多地方都有，且大同小异。旭水河釜溪河受地层断裂所至，滩口之多，令人生
畏、整条河有滩二十四座。传说就有了现实的依据。

千万，千万

51

在天车存活的风里
浮云被蒸发
瓦斯火
兑现了阳光的承诺

盐，肩负着自己的使命
沿着旭水河釜溪河
奔向远方
盐，每一粒都叮当作响
水路也罢陆路也罢
勇闯激流险滩
跨越峻岭崇山
有谁能测量那些苦
有谁能估算那些险
又有谁能够将盐的路途阻拦

盐，一路向前
生动的光华
洒满了日月的情话
一船的盐就是一船的银光闪闪

52

盐，绚烂了这片土地
就连那些戏台
在盐的作用下
一天比一天有味了

"银窝窝"转眼
又成了"戏窝窝"①
高腔的资阳河流派
有盐有味
名角一个接一个
不知不觉中
就成艺术高地了
"品仙台"响亮起来
这片土地
就是川剧的孵化地
又是川剧的认证地

---

① "银窝窝""戏窝窝"：自贡的川剧，是川剧资阳河流的承波继浪。约在清代咸同年间，尤在"川盐济楚"的盛时，自流井因产盐成为川省富庶的"银窝窝"，也因盐业交流的时兴，自流井又成了"戏窝窝"。当时的川剧班社云集，资阳河派的名角，蜂拥至盐场，一时名家荟萃，各家斗艳，鼓锣响遍行云，被人们赞誉为"品仙台"。川剧生角泰斗张德成曾经说："自贡川剧团是资阳河流派的根子。"

一代文豪赵熙

开先河命笔改戏传为佳话

《情探》①

成为不朽的经典

53

盐

调和五味

调和这片土地的味觉

调和出美滋滋的"小河帮"②

一些菜考究起来

一些菜刁钻起来

舌尖上的细节

生动得陋巷生辉

---

① 《情探》：川戏经典，开文人改戏之先河。赵熙改戏佳话流传至今。赵熙者，字尧生，号香宋，又署雪王龛，天山渔民，清之进士，五上京城，"世林之鹤"，赫赫大名。清末一日，赵熙与友胡汝修等赏戏于贡井南华宫，戏罢回胡氏宅邸胡元和。赵熙叹《活捉王魁》，小生名旦都不错，但剧情唱词不佳。大家拍手让赵熙改戏。是夜，众友于"洞一斋"，燃灯置酒，香茶以待，辞别之后。先生欣然命笔，翌日，剧稿乃成。名曰《情探》。"更阑静，夜色哀，月明如水浸楼台，透出凄风一派……"堪为绝伦。后在成都公演，一炮而红。

② "小河帮"：川菜即四川菜肴，是中国特色传统的四大菜系之一、中国八大菜系之一、中华料理集大成者。川菜又分三派，上河帮川菜即以川西成都、乐山为中心地区的蓉派川菜；小河帮川菜即以川南自贡为中心的盐帮菜，下河帮川菜即以重庆为中心的江湖菜。三者共同组成川菜三大主流地方风味流派分支菜系，代表川菜发展最高水平。

生动得华堂冒汗

盐帮菜风流

麻辣鲜香颐养精神血脉

盐帮豪气响遏行云

火鞭子牛肉（摄于自流井一米阳光）

北上南下
有盐有味
自调人间冷暖

生活有盐有味了
思想有盐有味了

54

然而，岁月
抹不掉那一暮暮
血雨浸透的悲凉

太平天国的枪炮
打破了这片天空的宁静
刀兵过处
山哭无泪，水咽带血
缺盐淡食朝野惊魂
"川盐济楚"
马蹄踏破路千条
盐场百里，雄风声急
解难与水火
崛起于烽烟

连绵的井灶顺势生长

炉火熊熊

有多少雪白的盐从这里诞生

就有多少神奇的故事成为永恒

55

时隔八十四个春秋

卢沟桥的枪炮声

震撼山川

硝烟一浪接一浪

大片大片的土地血染

盐路阻断

盐，抗战

在名族生死存亡的关口

一个只有十个乡

仅有二十二万人口的方寸之地

瓦斯火点燃激情

高亢而明亮

一夜之间

盐都昂起头

如山，似关

携风雷闪电，挺起民族脊梁

屹立在抗日的最前沿

56

盐，还是因为盐
飞机蝗虫般遮天蔽日
罪恶的军国
让这片土地血肉模糊
旧创未愈又添新伤
望不断破碎山河
不忍看
呜咽的河流
淌血的家园

从此
有一种刻骨铭心的痛
就叫光大街

正因为
经历了血与火的洗礼
盐都大地
开始生长思想
怒火与瓦斯火一起引爆
将三千多个日日夜夜

抛进熊熊烈火

凿井扩井，井井冒奇迹

以几百万吨食盐

二十一亿元盐税解国难于倒悬

"盐遮断"①

有盐都，没法遮断

57

西场的余述怀②

把头上的瓜皮帽往桌上一甩

嗓门里冒着烟

"述怀虽然长期经营井灶

但是眼下仍感资金周转困难

不得咔嚓

但是，国难当头

---

① "盐遮断"：自贡作为战时中国盐都的特殊战略地位，日军对自贡盐场进行了狂轰滥炸。自贡设市不过四十天后，即自 1939 年 10 月 10 日起，日陆军航空兵部队发动所谓"盐遮断"专门轰炸行动，先后七次出动十一批共四百八十三架次，投弹一千五百多枚，对自贡盐场狂轰滥炸，炸死五百二十二人，炸伤炸残一千两百六十人，损毁井、灶及房屋不计其数。直到 1941 年 8 月 19 日第七次轰炸之后，因日军秘密筹划太平洋战争需调集军力，"盐遮断"空袭才告一段落。

② 余述怀：字仁禄，1883 年 11 月 4 日出生于四川威远县向家岭黄石坡，弟兄五人，自幼家贫，仅靠父亲余发荣裁缝一技糊口，幼不能读，少乃文盲。1902 年，余述怀前往自流井，在正街崔氏山货铺谋得一学徒职位，他学到了经营的理念和本事，从此，余述怀走上了经商之途，历经二十余年，终于名震川南。余述怀暴富之后，出手大方，广积善果，他认为"积财莫如积德，积德莫如兴学"。

毁家纾难，义不容辞

决定捐献一千万"

面对"不得咔嚓"的余述怀

选择的是"毁家纾难"

冯玉祥将军才会噙着泪

奋笔挥毫写下

"今之弦高献金楷模"的长匾

慨然将自己的别克坐骑当场相赠

抗日的烽火

逐日而旺

献金的热潮

一浪掀一浪

随即

东场的王德谦献金超越一千万

这两位盐商大亨

无碑胜有碑

崇高的阳光盖上头顶

月光留下细节令人涕泪

58

（1944 年 7 月 18 日，王德谦在大安寨用"豆花饭"、回锅肉
款待冯玉祥将军。席间，冯玉祥对这位盐场首富讲，"先生能以
己饥之心待乡人，何不效仿弦高，救国家之急，献国士之心？先

生不忍鱼之死，何忍千百万将士之浴血奋战而不为之输将？先生能以俭养德，必能为国脉民命而仗义吧！"王德谦感慨地说："佛教所说布施，连肝脑也要布施于人，身外之物算得什么！我出一千万之外，再以食盐五百万赠之。"当即将寨府所有粮谷全部献出，含黄谷八百九十四石，献金总额一千五百万元以上。冯将军当场书题"见义乐为"四字，赠予王德谦。两人还结为干亲家。后来，有人不解一向"抠门"的王德谦为何这等慷慨大方。王德谦叹道："国事如斯，安忍自利？出钱出力，一本良心。设河山不保，敌寇深入，吾纵拥巨资，又曷能用……"）

在这片热血的土地上
汇聚的不只是银两
汇聚的是一种无敌的能量
有一个老伙夫
将挑粪积攒的两百元
全数奉上
他写给冯玉祥将军的信
字字都是热血凝成
句句都是这片土地的呐喊
"买飞机大炮打鬼子"
还有妇女同胞将金银首饰
连同"赤心爱国""同盟胜利"的祈愿
缝在两幅缎幔之上
柔软中迸发出惊世强音
所以冯玉祥将军才感叹

"这是汗与泪

千万良心交织的无名诗篇"

一亿二千多万的全国最高纪录

二十二项实物捐献的最高纪录

无一不是撼人心魄的壮举

"盐工号""盐船号"①

两架飞机直冲云霄

冯玉祥将军"还我河山"字字千钧

龙峰山熠熠生辉

盐都大地熠熠生辉

还有三万之众奔赴前线

还有两千勇士血染沙场

还有三千多个无家可归的孩子

在这里泊进了温馨的港湾

激越的旋律

铿锵的节奏

跌宕起伏

响彻华夏上空

---

① "盐工号","盐船号":抗战爆发后,沿海及两淮等盐场相继沦陷。在自贡市档案局,还见到了当年自贡人捐资抗战的珍贵资料。四万多自贡人参加了冯玉祥发动的"节约献金救国大会",自贡大盐商余述怀、王德谦等人现场捐款一千万法币,创造了个人献金的全国最高纪录。自贡盐工们捐款购买了"盐工号"和"盐船号"两架飞机。

59

盐是咸的
血才是咸的
汗才是咸的
泪才是咸的
盐，晶莹剔透
透视出伟大的民族魂

一粒盐
就是一个浓缩的世界

洁白的盐（摄于贡井区东源井）

60

这片土地
受命于危难
雄起于危难

自流井，井自流
大公井，一路大公
东场和西场
遮天蔽日的天车连在一起
旭水河釜溪河
浪花奔涌
终迎来
1939 年 9 月 1 日
山水开颜，鸟唱人欢
盐立自贡
盐，成就了一座城
这座城
于硝烟中站立起来
站起来的自贡
肩负起新的使命

61

在遍地狼烟之际
在民族危亡之际
盐都自贡
如雄狮似蛟龙

抗战
长城内外，长江与黄河
波涛汹涌中的华夏
叹砥柱中流
千万志士如龙似虎
浴血见雄魂
1945 尽雪前耻
巍巍华夏
经战火而重生，凤凰涅槃
眼看将朝霞满天

然而，多灾多难的土地
祸起萧墙，内战的烽火再次点燃
战灾与天灾缠在一起没完没了
社会弊端如荆棘丛生
寒风瑟瑟

百里盐场

井停灶歇

锈迹爬满天棍地棍

这片天空

再次罩满乌云

路漫漫

岂止九十九道弯

夜漫漫

到底要经历多少灾难

旭水河釜溪河

再一次无奈地流淌着茫然

第三乐章　嬗变

因盐而诞生的一切美好

都钙化成了

这座城市的骨骼

都凝聚成了

这座城市的灵魂

62

兴衰浮沉

浴血

破重重阴霾

拥抱 1949 年那个黎明

朝霞映红釜溪河

一支队伍如游龙

沿滨江路而来

英雄口
龙灯、狮灯、鞭炮
闪出豪情一派

"天亮了"
天似明镜地如毯
"慧生公园"
转身成为人民公园
人民这个词
矗了起来
解放纪念塔岿然而立
春潮漫漫，百鸟来贺

旭水河釜溪河荡漾开来
板结的土地
在一夜间复苏
百里盐场
在号子声中醒来
连绵的井灶吞云吐雾
宛若一条条腾飞的巨龙

63

沿着斑驳的古盐道

用心去认知去探究

用脚步去丈量去感悟

谁能告诉我

在汉王朝开辟通道以前

盐的足迹

是否谱写了动人的小夜曲

问铁山古道

横出几多足痕

听"夜郎古道"的神秘

当年的盐

是怎样穿过川滇黔之锁钥

又是怎样穿过那些咽喉关卡

永宁道安宁吗

盐煤古道（摄于威远县古佛村）

以及茅道的喧嚣
一条条水路
一条条陆路
怎么
总会拉长我的思绪
也会碰断我的视线

64

厚厚重重的史册
一如连绵的群山
一波接一波
起伏婉转
一幅长卷
一条长路
在汗花与卤花之上展开
直抵大江大海
留下了多少
如同女娲补天的神话
留下了
多少精卫填海的情怀

65

巴蜀之南

这座因盐起飞的都市

神龙舞，骏马驰

祥云含笑，山河传情

1958 年天空写满寄语

远眺而绵长的话题

一浪又一浪

高层领导睿目过出

春风苏万物，细雨润群芳

盐都瞬时升温

毛主席说"天然气熬盐，放跑了碳黑"

时隔三月

盐都的碳黑就在京城许下诺言

制盐基地（摄于自贡舒平）

一道道的霞光闪过

一条不寻常的路

就亮在了盐都眼前

20 世纪 60 年代中叶

二十多家重量级企业从天而降

俯仰之间，盐都

就京腔起来，就海派起来

就南腔北调起来

制盐化工和机械主角登台

冶金、电子、建材分布协奏旋律高亢

这是一次华丽的转身

这是一次全面的系统升级

这是一次破茧成蝶的嬗变

盐化工生产基地先声夺人

一个关乎大国命运的科研基地

在祖国内陆腹地悄然挺立

奔腾的热潮越过山冈

铿锵的脚步追逐时光

盐都大地

再一次奏响壮丽的交响

66

当凤凰乡永胜村遇到
"日归于西，起明于东"的命题
就诞生了一个美妙的预言
东方锅炉一别黑土地
就从这个预言里
一飞冲天

东方锅炉，一开场
就与大上海，黑龙江
三足鼎立
战略的前瞻
高层的决断

锅炉生产基地（摄于自贡市高新工业园区）

一段永远的日子
一段燃烧的岁月

然而，云天多变
当初的运筹与世界的风向
怎么可能丝丝入扣
雷电风雨夜
冷暖谁知晓

岁月寒，路途远
磨砺出东方锅炉的强悍
山的血性
站起雄狮
面对大江大河
一次次腾空飞跃
一次次刷新前行
时代的使命
由厂而公司

自贡东部产业区（摄于自贡新城产业园）

一次脱胎换骨的蜕变

迎风而立的阳光大厦
令人敬畏
世界最权威机构推出
"中国二十五家最受尊敬上市公司"
东方锅炉炫目榜上
还有多少个领先
还有多少个第一
还有多少次开先河
也许
无需一一排列
也无需去一一评说

67

碳黑，企图
卡断新中国的咽喉
碳黑
让领袖睡不安稳
碳黑
路在哪里
路在睿智里
路在高瞻的视线里

一条必经之路
圈定在自贡雨台山上
从此，雨台山的命运
就与祖国碳黑的命运绑在了一起

雨台山，一百多座坟墓与乱石的山冈①
横在建设者的眼前

靠什么
就靠血肉的钙质
就靠激情的血液
就靠骨质的信念
不到一年
诺言就兑换了——
中国第一个碳黑研究所
这就是盐都精神
这就是中国精神

然而，转眼
出港的船只左颠右跛
很快被锈迹悄悄爬满
寒冷的思绪停在岸边

---

① 雨台山：位于自贡市自流井区，曾经是乱石嶙峋，只有一百多个坟墓的荒凉地。
三线建设时，靠肩挑背扛，不到一年的时间，就建成第一个碳研所。

不忍触摸

那段疯狂的岁月

没谁

能够抚平那道伤痕

碳黑还得回归碳黑

无论黑碳黑还是白碳黑

长冬夜漫长

正在焊接管道的工人（摄于自贡市自流井）

再长的夜都会过去
再长的寒冬
总会迎来东风化雨的春天
终迎来
那一轮久违的太阳
暖亮了神州大地
从此，雨台山
激情泉涌，与时较量
在搏击中放飞双翅
在飞翔中成长
不需问刷新了多少白天黑夜
"CCBI"的足迹早已遍布世界各地

68

多少年来，黄坡岭
一直披着一层神秘面纱
传说在民间发酵
我的耳朵装满了绘声绘色

第一所高校
无疑是盐都的翅膀
更是祖国神圣的 652 基地
或许，不应有太多的猜想

她的能量如春潮
她的神秘
就像面纱后面的眼睛

无论是化工部的"晨光"
还是一机器部的"长征机床"
无论是铸造还是科研
无论是南方还是北方
还有
多少个内迁的传奇
还有
多少内迁带来的惊天动地

69

谁都不能忘记
建设者内心汹涌的波澜
骨肉分离，抛妻别子
远离故园，一切的一切
在"靠山、分散、隐蔽"的背后
在时光的背后
以及在白天与夜晚的落差中
只能是"冷暖自知"

也许，总有一些日日夜夜
谁都不愿再去触碰

罢罢罢
山高自有白云伴
浪急自有蛟龙现
山一样坚毅的建设者
以青春热血换取了
这座城市的新生

久大盐业集团工场一角

70

号子伴着盐船走天涯
潮涨潮落
时过而境迁
总有一些乐音流失在天边

因盐而诞生的一切美好
都钙化成了
这座城市的骨骼
早已凝聚成了
这座城市的灵魂

71

这一天
阳光灿烂
隔着尘封的岁月
我在西秦会馆
回望陕籍商人
"款叙乡情"的场景

浓郁的高腔
从戏台中央传过来
川味十足
木雕上的故事
栩栩如生

这座有盐有味的都市
以她独有的声腔
演绎着曼妙的故事

西秦会馆（摄于自流井）

72

站在时代的高处
聆听岁月
不可遗忘的回声
总会有
一个苍老的声音
从老盐场的地底冒出来
令人心跳加快

盐，纯粹了
我一生一世的梦想

73

这座城市生长会馆
这座城市生长神话
这座城市生长传奇
无论卤水藏得有多深
无论瓦斯火的脾气有多烈

那些退役的盐井

永远住着我的父辈
瓦斯火永远
炙烤着我的灵魂

无论天车怎么老去
即便老成化石
都永永远远
镌刻在我的心里
旭水河釜溪河
从我的心上流过
起伏跌宕中闪着波光

第四乐章　华彩

有这条波澜壮阔的河流
我们就不愁
乡愁没有地方安放
我们就不愁
灵魂找不到回家的路

74

在什么时候
火，觉醒了
开始眷顾人类

这个世界
不仅仅有了光
有了迷人的色彩

至关重要的是
拥有了
不可替代的动力

火的声音
是最动听的声音
火的旋律
是最动人的旋律

有了火
这个世界
开始走向文明

火（摆拍）

75

火，坚韧而刚烈
不达目的绝不罢休
火的脾气
比牛更牛
稍不顺心
弹指间
就可将一切化为灰烬

然而
火，又如羔羊
用情专一
她只与爱她懂她的人相厮守
对爱她懂她的人
她就俯首称臣

在这个地球上
爱她懂她的人和她从不离分
不知是何年何月何日
谁的智慧之举赢得了她的芳心
她竟然心甘情愿地
被那个智者关进了笼子

后来人们把这种笼子叫作灯

76

随时光推移
她钟情的人
越来越多
就有了很多很多的笼子
笼子的形态也越来越多

火一样的灯（摄于自贡灯会）

人们把这些笼子会在一起
就叫作灯会

这片土地的人们
与她一见钟情
所以就生长出了
很多色彩斑斓的故事

满天星雨（摄于自贡灯会）

77

踏着陆游的平仄

从水的源头出发

听赵熙的《礼俗》

灯语闪烁迷离

欢笑声从字里行间传来

顺流而下

钻进"五皇灯会"石碑①

去触摸玉皇大帝的五个儿子

在凡间的传说

有些烫人

灯杆之上挂上三十六展灯

就是挂上了祝福

挂上了老百姓的夙愿

① "五皇灯会"：在自贡市贡井区竹林村一组有一座"五皇庙"。传说"五皇"（玉皇大帝的五位儿子，故称"五皇"）偷下凡间为盗，专门劫富济贫，乃义盗也。穷人喜之敬之，富人畏之惧之，因此，五皇庙香火特别旺。五皇庙香火盛，菩萨灵，热闹非凡，香客、游人上千。"五皇灯会"石碑现存自贡彩灯博物馆。"五皇灯会"石碑，打制于清乾隆年间，发现于当时香火旺盛的"五皇洞"。史料记载："每逢新春佳节，庙内张灯结彩，庙前树灯杆，点红灯。燃点所需菜油，由善男信女捐献。燃灯时间少则三天，多则一周以上，农历正月十五元宵节进入高潮，燃放鞭炮，烟火、狮灯、龙灯翻滚，花灯表演通宵达旦。"该碑是自贡市灯会历史的见证。原立五皇庙左侧，碑高二点二米，宽一点一米，正面上端刻有"五皇灯会"四字，背面刻有"天灯碑"三字。因年代久远，碑文已模糊不清。

把心交给吉红色的祝福
令魑魅魍魉
魂飞魄散

那些焰火
那些鞭炮
那些彩灯
一个更比一个暖心

78

荣州杨泗崖摩崖之上①
将一次盛大的天灯会推出
灯火闪烁，人声沸天
这样的石碑到底有多少
我没法考量

随便走走
鲜活的地名
就会把你拉进它的寓言

---

① 荣州杨泗崖摩崖：该摩崖记载，清同治十二年（1873 年）正月，杨泗崖庙举行
了一次盛大的天灯会，有一百五十一人捐款，可谓盛况空前，捐资最多者一千文
最少二百四十文。正月初七开始，张灯结彩，举行隆重的祭祀活动。三十六展天
灯和相关灯笼如"瞒天过海"，昼夜不熄善男信女叩头膜拜，燃灯一月。

点灯山、灯杆坝、万年灯

五里灯、灯杆冲、灯夹林

应有尽有，眼花缭乱

全是灯语

全是灯的足迹

全是灯的祝福

瞒天过海（摄于自彩灯公园）

79

宣统元年的"皇会"

倒影在时光里"瞒天过海"

心声在波光里闪烁

宫灯、植物灯、动物灯

行走着烂漫

"八仙过海，十二金钗"

在灯河中掀起波澜

一些灯越走越远

一些灯走进了心

而民国 5 年的彩灯

一直在岁月中提着

黄兴与蔡锷将军离世

民众心里五味杂陈

灯火溢出

流出新生的向往

80

万人提灯会

提出了盐都风情
提出了不可言喻的情韵
声势夺人
曲子明亮
龙灯翻浪
彩车流光
豪迈的节奏
透明的心境
在大街上奔涌

灯会，一路走来
经千年汇聚
已成一条大河
它奔涌着、欢呼着
越来越辽阔
它的境界
在春的祝福中不断升华

81

自贡灯会不是独行侠
一开始
它就拥有强大的支撑
当这片土地的盐

熠熠生辉之时

它就激情四射了

王三畏堂点燃的灯火①

还在大安的达冲头冒着烟

那些灯彩还散发着异彩

穿戴翎顶袍褂的各路大神

坐着轿子走进了史册

川味锣鼓板凳戏

却在这片土地扎下了根

盐商家族

一个更比一个酷

井、笕、灶号旗幡高杨

锣鼓叮咚

花灯与火炬岁岁标新

盐味十足

灯在色彩中多情

情在乐音里舒展

盐场

———————

① 　王三畏堂：王三畏堂的兴起始于清嘉庆十八年（1813 年）生的王朗云时代。他
的祖先在明末清初（1660 年前后）从湖北移居到了四川富顺县自流井。由于王
朗云兄弟为三人，且以"敬畏天地、敬畏朝廷、敬畏圣人"故称王三畏堂。

让彩灯活水长流
盐，生发的养分
滋养着这条多情的河流

82

灯会的鸿篇巨制，是因为
这座城市历经千载
积淀如山
盐卤飘香的空气

多情的母亲河（摄于自贡釜溪河）

开放的格局

南来北往的复合思维

骨子里的多元基因

强大的盐都 DNA

凝聚与汇聚的一切

有了这些成分的化学反应

宏阔的交响自然天成

83

聚焦 1964 年

春闹枝头

名胜灯花鸟灯

如诗如画

龙凤灯生肖灯

似梦似幻

趣在灯中，灯在春里

这是一次初恋

火树银花

唤醒梦中人

灯彩灯语

开启新旅程

新春呼唤

梦在彩灯公园色彩缤纷

有温度有意境

丽诗美文情怀满

欣欣然浩歌一曲唱大风

突然，梦破了

不应沉寂的沉寂了

不应沸腾的沸腾了

混沌，迷惘

瘴气弥漫

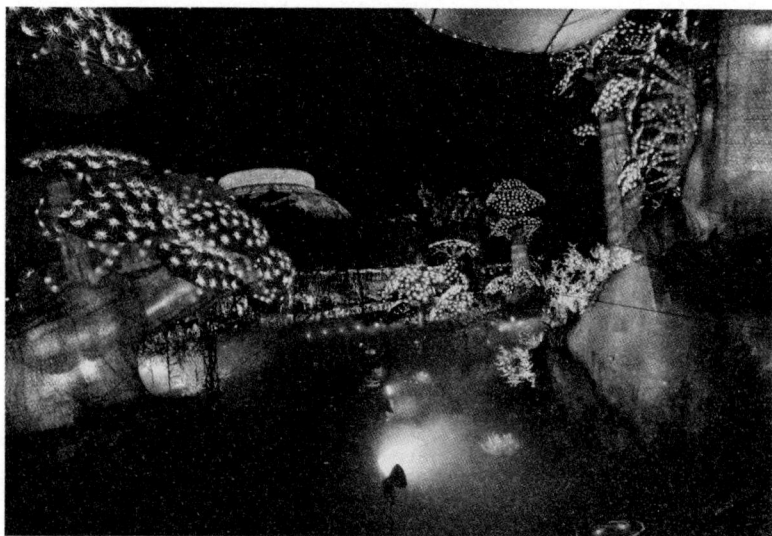

灯语（摄于自贡灯会）

84

沉寂也罢

沉默也罢

风平浪静的湖面有谁知道

湖底隐藏着多少波澜

也许

冰雪孕育的春天更加动人

黑夜过后的阳光更加灿烂

春天来了

春潮涨了

冰雪消融

盐都大地复苏了

1978 年

华夏的上空祥光泻下

大地沸腾了

山山水水沸腾了

人心沸腾了

霜冻之后的激情

在流光四溢中澎湃

新春的憧憬

在目不暇接中徜徉

万物

被春风唤醒

哈哈

让小丑在灯影中献丑

"四人帮" 原来如此不堪

大型瓷器灯组（摄于自贡灯会）

85

从这个春天出发
年年岁岁
灯彩如梦
诱惑着我不断追寻
她的曲线她的风情
朱阁琼楼，堆金叠玉
龙游凤舞，莺啼鸟鸣
玉壶光转，喷泉流金
波光灵动灯弄影
灯彩入心最销魂
灯彩
怎不令我神魂颠倒
灯会
叫我怎能不倾情

86

（1988 年 6 月，自贡灯会应北京国际旅游年组委会的邀请，
与北京景山公园管理处共同承办了"北京国际旅游年北海龙灯
会"。在中国历史上堪称一流的皇家公园中，赫然布展了自贡最

具代表性的三十五组大型灯组与一千两百余展工艺灯。迅即，好评如潮，白天两万多人，晚上达五万多人次。党和国家领导人移步观灯，盛况空前，各种赞誉不断。首都新闻界知名人士更是认为："在北京，没有哪一次的地区性的文化活动引起如此巨大的社会反响，没有哪一次地方性文化活动取得如此好的社会效益"。)

灯彩的河流
沿着东方文明的方向
沿着神明的方向
沿着箴言的方向
一路向前

在这样的季节
首都北海天空如洗
微风传喜讯
清波在春潮中绽开

琼岛上白塔灯火骤明
亭台楼榭山水湖光溢满喜气
灯海炫彩
环湖春汛摇曳
一颗颗明珠闪闪烁烁
灯中景明
景中灯亮

灯景交融
美在不言中
赞词波涌

神圣的首都
"满城争道龙灯会"

6 月 16 日
小平同志春风满面地来了
党和国家领导人亲临彩灯世界

盛世中华灯组（摄于自贡灯会）

瞬时，华光万道
一股不可言喻的暖风
火速吹遍大江南北

红遍京城
波及海外
随后
邀请函雪花般飞来
这一旅程色彩斑斓
无穷自信溢满盐都
路，随日月而宽阔
直抵世界各地

灯会盛况（摄于自贡灯会）

盐都

扬起风帆

踏着春潮

腾空起舞

奔向远方

87

在亚洲

在欧洲

在北美洲

在整个世界

马不停蹄

"彩灯一亮，万人空巷"

"天下第一灯"

"南国灯城"

东方的文化大使

四海名扬

直到中宣部

直接推为"环球灯会"

这一次一次的捷报

这一次一次的飞跃

这是民俗文化的魅力

这是盐都情怀的井喷
更是凿井奇迹的一脉相承

无论恐龙
无论川剧
无论盐卤与瓦斯派生的一切
无论盐都大地的一草一木
都融入到了
时代的洪流之中

人潮人海（摄于自贡灯会）

88

清净的水飘起来
光飘起来
在灯彩的通道中
链接起东方和西方

在英国朗利特庄园彩灯一亮
彩色的河荡起波光
笑声欢呼声融入光影
东方和西方融入一片真情
突然
光影深处传来嘤嘤哭泣声
原加拉大国家博物馆 CEO 格兰
寻声而去
见两个中国老太太仰望着东方
哦，明白了
浓浓的乡愁正穿越时空

格兰睁大了眼睛
心里一颤，无多日
他与友人组建了 DDM 公司
经营在灯彩里

有滋有味

灯彩的河流
在异国他乡洋溢着东方文明

89

怎不叹
春风里的盐都
风情万种花千树
八仙过海迎春去
怎不叹
溢彩流光入画处
七彩蛟龙境中遇
怎不叹
人潮人海，满城光瀑
竟夜华灯舞
大地翻腾花浪逐
这是一条曲曲弯弯的河流
这是一条倔强的河流
这是一条盛满乡愁的河流
这是一条流淌奇迹的河流

她顺流而前

或巨浪排山，浪花似雪

或静若止水，波澜不惊

或急或缓，她都深情地

汇聚了这片土地的智慧与能量

有这条河流

我们就不愁

乡愁没有地方安放

我们就不愁

灵魂找不到回家的路

旭水河釜溪河

与这条河流汇聚在一起

令那些看得见与看不见的音符

瞬时铿锵起来

就诞生了波澜壮阔的盐都 C 大调

尾 声

90

盐都大地

将三叠纪与侏罗纪的足迹

放在东边的大山铺

袒露给世界

盐都大地

将所有的版图

全都捧给了世界地质公园

盐都大地

将千载盐的富矿汇在一起

乡愁满满地闪亮今天与未来

走在踏歌而行的大道上

走在东方与西方同与不同的思维里

为什么

我回答不了

太多的为什么

因为

盐都大地

她一直在寻觅

她一直在成长

这一条河流

一直

生生不息地盛满了

来自三叠纪与侏罗纪的旋律

盛满了

盐都大地太多太多的奥秘

还有

她正在刷新的每一天

以及正在谱写的壮丽华章

所以

我真的回答不了

太多太多的为什么

才情若斯

张 忠

一

刘公蕴瑜，雅人也。

公犹喜美文、美景、美食、美酒、美人。踞庙堂岸然，处华室淡然，临乡野怡然，入市井盎然。何也？皆雅焉。

天池山下，旭水河畔，书香门第。刘公少时，承欢膝下。然刘父以书、篆极见功力，兼之民主党派人士，故成"右派"不二人选。遂此，少年刘公，便与政治牵绊、时事维艰、社会共舞。

刘公幼时，以丹青蒙学，常塾于九中。及长，以刘父检讨之稿为帖，私自揣摹。少年早慧，由育才小学而及自贡九中，莫不以为同年之骄。然时光因快乐而速逝，甫十六，孑然走向社会，以执笔之手，握起扁担车把。

改革开放，刘公厚积薄发，以文入仕，因诗扬名。由贡井粮食局、政府办，而执文化局、区委办、宣传部；中年，旋迁市文化局，尔后掌文联大旗八年。

刘公经历，凡入仕三十五载，文化圈内竟二十二年有余，实乃一文人耳。

案牍之余，时有佳作。新诗时见《星星》、入选辞典；摄影散见《人民日报》，遍及画册；书法屡屡入展，流传陕、鲁；戏剧、小品、歌词，数获奖誉。卸任之后，偶涉金石，承秦汉遗风，显方家之气，传家学渊源；重拾画笔，勾勒人物，于神韵之中，趣见情思。遍阅作品，无不充满生活雅趣和生命张力，故为人喜。

一日，数友筵宴。许以大家相期，笑言：六十成家。因刘公诗、书、画见长，遂有"刘三绝"之称。

稚子书香濡染，童时历经艰辛；少年游冶，中年游宦，老来著述。人生之大丰满也！谁者？刘公蕴瑜也。

二

刘公蕴瑜，智者也。

刘公之智，在于淡。以文人之心入仕，风骨依然，自有丘壑。不轻娱、不涉诟，得之欣然，失之怡然。以仕者之身涉文，自重而不计蝇利，自省而不启口舌。排名之先后，润笔之厚薄，轻笑而纳。故公执文联，因其胸怀而广揽各方，因其散淡而不启争端。八年之间，文联之被认可前所未有，文坛之新风前所未有，文化之发展前所未有，人才之辈出前所未有。

刘公之智，在于博。因家庭成份，刘公少年中断学业，遍历士、农、工、商，早年远走西昌，成为工地一员。耳后成年，牵起架车，汇入搬运大军。游走生活底层，奔波社会四方，砥砺身心，磨炼人情，其丰厚积淀，外人可窥而不可得知。甲戌元旦，刘公携妻友重回凉山故地，抚当年担负之大石，顾已然全非之风物，默然无语。翌日，于邛海草坪，冬日暖阳，大睡。

刘公之智，在于厚。离开自贡九中教室，刘公进入一个更大的课堂，数十年勤学不辍。处处留心，时时勤思，事事入文。积累之下，常以趣言轻抒。刘公当年任职市文化局，酒后笑谈，言说各行各业，语惊四座。公曾言宣传工作，当为各部门之最，可以为政治家讲文化，可以为文艺家讲经济，可以为企业家讲政治，囊括当今社会三大基石。此言一出，濡墨许多青年。

智如刘公，言笑晏晏，如沐春风，然亦有雷霆作怒之态。"5·12"汶川周年，历北川废墟，悲民众之殇。见一众访客，以旅游之态发喧笑之语。公悍然作怒，一众皆惊，即愧，全场哑然。

刘公在九中结束课堂生活，九中却教会刘公永远读书。

三

刘公蕴瑜，性情者也。

公相貌清癯，玉立临风，书卷气质。因其早年劳作，体力充沛、元气淋漓。若痴迷一事，则神思入情、物我皆忘，无法自拔。然如梦一醒，其技艺一变，又是一番天地。

刘公重才。未及而立，公走上领导岗位；辗转各处，多为掌印之位。公自历艰辛，苦学成才，犹重后进，无论男女老少丑靓，或小荷初发，或潜能资质，或偏专一方，皆入刘公青眼。回望刘公历程，一路行来，一路赞语，一路兴旺，一路人才辈出，如春笋勃发，不经意间，已蔚然成林。

刘公重情。早年间，刘公与高校一教授交友，喜玩音响、相机，喜作竞饮、品鉴。常恨路途远隔，无作尽夜之欢，其友遂举家迁至贡井傍居，以便相唤相见。其后双双迁至自井，越年，刘公新寓丹桂大街，与老友隔街对望相守，成一美谈。

刘公重孝。刘父已故，高堂犹健。刘公好友，但众友皆知，周末须留一日，专属老母亲膝下承欢。数年来，若非出差外地，莫不如此。刘公率性胜饮，常大醉。但每晚宴后，返家，端座于堂，无论酣否，先致电母亲，问安之后，方才敢醉。某寒冬一日，长作健硕壮不耐裘袍暖之刘公，忽着一长巾。众友诧异之，询其由，刘公抚巾，作幸福状：妈妈买的。众大笑，然皆眼角润意欲泫。

四

刘公蕴瑜，趣人也。

刘公好饮、善饮，亦多趣谈。

刘公近日治印，曰闲得庐，不意为玄德公之谐音转意。刘皇叔之谓其由来众说不一。其一日：刘公在一餐馆聚饮，忽投箸，询侍立幺妹：豆腐馊了！侍者久候，闻满座趣言机锋，亦有染，答曰：公等自日落而月升，饮至日期已更，一腐而已，焉能不腐？川话评擅持久战者为"玄得"，因刘姓，遂号玄德公。传闻难考，然某年文联换届，大宴，自午时起，饮至华灯初上，新客又至，遂举桌相唤，添酒举灯重开宴。

又某一日刘公深夜醉归，其妻善调羹、亦谐言，平日皆贤，此惜其身，怒呵：再晚点回来？翌日，刘公果更晚归家。其妻换劝语：早点回来！再翌日，已过凌晨，刘公提早点一袋，施施然归家。

2014 年 7 月与自流井

后　记

没想到，我会在耳顺年之后还如此冲动，弄出这部长诗来。

太偶然了，一次回到贡井去逛老街河街，我向身边的朋友介绍，我就是在这里出生的，这就是当年热闹非凡的盐店街，我津津乐道，按捺不住心中涌动的情愫。谈着谈着，我突然说我想把那些画面写出来。盐场的点点滴滴，这座城市在我心中发酵的点点滴滴，岁月留在心中的深深烙印，就像无数只手在推着我的后背。朋友们你一言我一语，觉得很有意思。不然，让它烂在肚里太可惜了。就像注射了兴奋剂，一下子我仿佛回到了从前，诗的激情涌动，热血沸腾。我不断地思考，不断地否定自己。不知经历了多少个不眠之夜，那段时间，我多半是六点起床，有时还要早些。我全身心地自投罗网。我在长短句中不停地奔跑。一个月的时间拿出了初稿。然，路还长。几经琢磨，我命定了《盐都 C 大调》这个题，我似乎有些兴奋。我曾一度特别喜欢听交响乐，而且一定是爆棚，声压之大，可谓"拳拳击胸"。我让音乐形象直抵我的内心。今天，借用交响乐的结构与形式来表达我对家乡的感受，我不得不热血澎湃。交响乐通常是四个乐章。C 大调的那种山谷般的宁静与大山一样的庄严，那种大气与充满希望的旋律都是我所需要的。

音乐的语言不需要翻译，也许这个世界没有任何人能够丝丝入扣地还原音乐作者的初衷，但我相信千千万万的受众能够感受原创者的心境。与音乐血缘关系最为亲密的诗歌，定然是异曲同工。诗歌与音乐一样未必需要定解，但一定都会在作者营造的氛围中感知和陶醉。也许，音乐和诗歌的魅力就在于此，为什么"有一千个观众就会有一千个哈姆雷特"？

曾经爱听交响乐的经历，那种爱玩音响的痴迷也许在不知不觉中成就了我今天的《盐都C大调》。

我一向认为，诗歌不可故弄玄虚。还是杜工部一语道破了诗的真谛"感时花溅泪，恨别鸟惊心"。无病沉吟，诗人当弃。在进入这部长诗的时候，我一直在提醒自己，不要装腔作势，甚至我删去了我可以在短诗里出现的一些句子，因为短诗可以随时倒过来再读，长诗则不能。

在诗歌的氛围里，我一次一次的像从前一样，让交响乐洗涤我的心灵，把音量开得很大，我半闭着双眼，如痴如醉，家里人不解，"你咋的了，疯了吗？"也许，我真的有点疯了！

偶然吗，脱稿之后，我走出书房，仰望长天。这部长诗对于我偶然吗，不，绝不是偶然。我记得2004年我调到文联工作，就萌发了写长诗的念头，甚至还开了个头，只不过后来不得不放下了，两个方面的原因。一是想得天真了些，以为在文联有时间写作，很快我就发现这只是一个梦。二是准备和积累不够，力不从心。当时写下的那些句子小心翼翼地不知放到哪里去了，无论如何也没法找回来。

今天写完这部长诗，好像意犹未尽。觉得无论怎么写都表达不了所思所想，都没法将隐藏在我身体里的那一个我和盘托出。文字啊，对于我显得多么的苍白和无力。于是，我又写了一些短诗，那些刻骨铭心的记忆与感受，都意境到了我的长短句中。这还不够，为了更进一步了解那些曾经有些朦朦胧胧的历史，我带着相机沿旭水河釜溪河顺流而下去追问盐的足迹，盐都的足迹。去寻找这座城市成长的蛛丝马迹。我才发现，作为一个自贡人，我对我的城市了解得太少了。无论在曾经的盐卤渗透的土地，还是在每一个滩口，我都止不住内心的躁动与不安。在每一个堰闸前，我都会浮想联翩。我用相机拍下岁月刻下的细节，我在心里烙下深深的印痕。我的祖辈太伟大了，我的城市太伟大了。

写诗，对于我来说是一种常态。我曾经说过："诗如茶＼浓也好＼淡也罢＼每天＼流入生命里＼冲淡那些＼莫名的忧伤和无止无休的欲念"。有诗的生活是惬意的生活。就像生活不能缺少盐，亦不能缺少诗意。

在萌发写这部长诗的时候，源于朋友的鼓励，真没想到今年是建市 80 周年。写着写着才醒悟，这部长诗不正是我献给我的城市 80 华诞的礼物吗，也许这就是上天的安排，抑或是我血液涌流的巧合。不管怎样，这都是令我非常愉悦的事情。

不过，当我把这部长诗的稿件交给几个好友征求意见的时候，我有些诚惶诚恐了。在这一过程中我内心里最期待的是听到那种发自肺腑的心声，那种抛开一切套话的一针见血的意见。在这里我得感谢漆成康、胡进昌、陈文邦、黄宗孀、余建英众佳友认真而富有见地的建议；我要感谢莘义陶、黄德函、阙向东、李利等文友的打气与鼓励；我要感谢蒋蓝先生的那份真诚真情以及为这部长诗所做的一切！

　　一个人之于一座城市是渺小的。然而，露珠虽小，她依然会折射太阳的光辉。小草虽弱，她依然会伸长脖子去迎接她的每一天。一首小诗来之不易，长诗就更不必说了。丑媳妇还得见公婆，今天将她公之于众，就只能是听天由命了。我还得啰嗦一句，我不是一个成熟的诗人，就爱做梦罢了，正因为如此，才有这个胆量献丑，敬请各位看官多多海涵。